걸려 들었어

어떻게든
되겠지

늘 그래왔던 것처럼

어떻게든
되겠지

늘 그래왔던 것처럼

배꿀 지음

북뱅

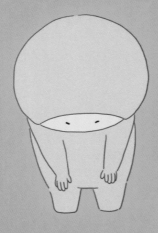

아이

엠

그라운드

지금부터 시작!

이제부터 내가 좀 떠들어 볼까 해
준비됐어 여러분?

목 차

첫 번째 이야기

무지개같은
사회생활

한 달이 일 년 같았는데
얼마나 기다려 온 월급날인데
신명나야 할 월급이 하나도 기쁘지가 않네
다들… 이렇게 사는 걸까?

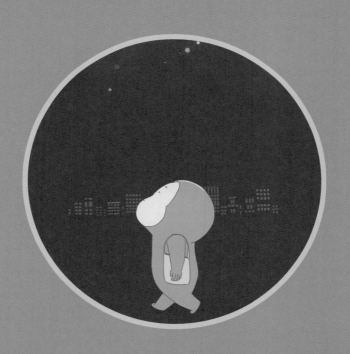

졸업 그리고 입사

돈 퍼다 나르길 4년

드디어 졸업

일하고 싶은데 조건은 엄청 많고

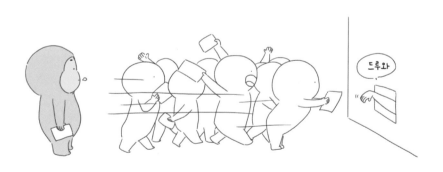

일하고 싶은 사람도 엄청 많고

아.. 안녕하세요

겨우 붙은 면접 자리에선 염소 메들리

그러던 어느 날
안 될 것 같은 취업이라는 게 드디어 나도 됐다

나도 이제 아침에 갈 곳이 생긴 거야
다른 사람들처럼!

내가
신입사원이라는 생각만으로도
신나는 출근길

첫 출근

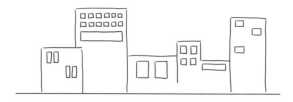

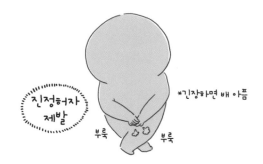

두근두근 첫 회사, 첫 출근

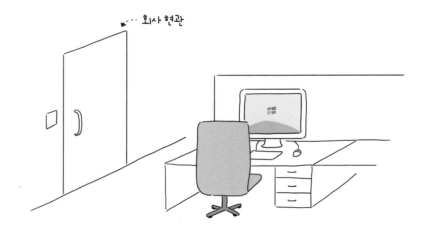

명동 한복판처럼 번잡한 곳에 있지만
그래도 번듯한 내 자리

이야~

이 자리 하나만으로도 열정 넘치는 신입

하지만 현실은
월화수목금토일 야근 디폴트 default

온갖 잡일 디폴트

욕받이 디폴트

그렇게 한 달을 버텨 받은 월급

뻔히 알고 있었으면서도 서글픈
내 한 달 값어치 56만 원

한 달이 일 년 같았는데
얼마나 기다려 온 월급날인데
신명나야 할 월급이 하나도 기쁘지가 않네

다들... 이렇게 사는 걸까?

웃으면서 인사해요

마치
"안녕하냐?"
라는 듯한 얼굴보다는

이렇게 웃으면서

안녕하세요?

얼마나 좋아?
돈 드는 것도 아닌데

우리 좀 웃으면서 인사합시다

매일 잡일이네

4년 간의 공든 탑을 가지고
이렇게 열심히 똥을 만들고 있다 오늘도 내가

제 전공은 디자인입니다
아니 다들 까먹으신 것 같아서

오늘의 고민

매일 하는 고민인데 왜 해결이 안 되는 것이냐
뭐 그런 쓸데없는 고민을 하냐고 하지 마
난 진지해

민낯이 어때서

그 시간에 5분이라도 더 자야지
화장이 웬 말입니까

근데 이런 날은 다들 어찌 알고
귀신같이 튀어 나오는 건지
아는 척이나 좀 하지 말던가

에이씨

화장 안 해

공 들여 치장하면 뭐해

어차피 야근일 텐데

그러니까 요즘 내가
회사에 사는 건지, 집에 다니는 건지

무얼 위해 이렇게 일해야 되는 건지 도대체

부귀영화라고 하지 마
아직 구경도 못해봤어

달님
지금 이렇게 일하면
언젠간 정말 행복할 수 있을까요?
네?

퇴근길 잡생각

퇴근길 잡생각

돈은 벌어도 없고 안 벌어도 없는데
꼭 벌어야 하는 걸까

그러니까 안 벌면 모오옵시 괴롭고
벌면 그냥 괴롭고
그 차이인 걸까?

이래저래 괴로운 건 마찬가지네 뭐

안 벌면 모오옵시 없고
벌면 그냥 없어서
벌어야 되는 거야
이 답답아

오
천재

어디에 썼을까

다 얼다 쓴 겨!

먹어서 똥 만들었지

쓴 적은 있지만
흔적은 없는 이놈의 카드값은
또 이렇게 증식했습니다

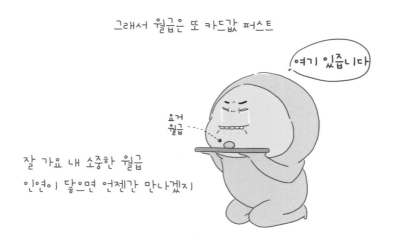

그래서 월급은 또 카드값 퍼스트

여기 있습니다

요거
월급

잘 가요 내 소중한 월급
인연이 닿으면 언젠간 만나겠지

월급을 찾아라

어디 갔느냐

통장

받긴 받았는데
찾을 수가 없어

참치김치찌개 속 참치도 아니고 어디 갔어 도대체
개같이 벌어서 정승같이 쓰고 싶은 마음은
이번 달도 꽝! 다음 기회에

··· 언제? ···

내 얘기

회사에선 나도 모르는 내 이야기가
참 많기도 하지
하라는 일들은 안 하고
무슨 말 만들기를 이렇게 좋아들하는 건지
쯧!

슬럼프인가?

요즘은 어째 입만 열면 한숨에다

일에 손만 대면 똥 만들기 일쑤고

세상에서 내가 제일 쓸모없는 것 같아

이런 게 슬럼픈가, 아님 그냥 내가 또라인가

내가 바위였으면 좋겠어
아무것도 안 하게

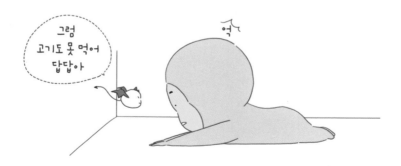

그럼
고기도 못 먹어
답답아

잃어버린 자신감을 찾아서

어디에 있느냐
어서 이리오너라

어디든 좋아

그래 기분 전환엔 여행이지

여행이 가고 싶은 걸까

도망이 가고 싶은 걸까

여행이건 도망이건 뭐 어때
일단 여기만 아니면 되는데

그저 일만 하면 될 뿐인 회사가
왜 이렇게 힘든지

이렇게 힘든데 꾹꾹 눌러 담아 가면서
왜 버티고 참아야 하는지

사회생활 잘하는 법 따위
아무리 보고 또 봐도 나에겐 왜 왜 왜 적용이 안 되는지

아무리 생각하고 물어봐도 답은 늘 하나야

"다들 그렇게 사니까"

생각이,
고민이
꼬리에 꼬리를 물고
바닥까지 찍으면 올라가겠지

걱정 마

깨작

깨작

뭐, 매일이 그렇지만
오늘도 꾸준히 일하기 싫다
일은 대체 언제 하고 싶느냐

핑계도 가지가지

날이 이렇게나 좋은데
일이 되겠냐?

날이 이렇게나 구린데
일이 되겠냐?

일하기 싫은 핑계는
백만 스물둘 백만 스물셋

아아아 내 주말

왜 아파도 주말에 아픈 것이냐
이 융통성 없는 몸뚱아

사람 살려

이러고 월요일 되면 또 멀쩡하겠지
망할 놈의 몸뚱이

충전 중입니다

극기훈련 같은 평일을 위하여
주말엔 충전

주말에 안 쉬어도 일주일이 얼마나 괴로운지 모르면
오 당신은 젊은이

월요일

알고 있다 이 시키야

나는 벌써부터 이렇게 괴로운데
너는 왜 신나 보이고 난리야

하아

어서 자야
내일 개처럼 일할 텐데

월요일 네놈이 뭐라고
매주 올 때마다 이렇게 불면증이냐고— 하아

잠이 온다 온다 제발 와야 한다 자장 자장

달려라 달려

오늘도 아침 운동

지각 5분 전

학
학

아침마다 이렇게 뛰는데
살은 왜 안 빠지나 몰라 나도

… 이게 사는 건가 …

밥 먹은 후엔 항상

누가 밥에 약을 타…쓰…ㄴ…ㅏ

나는 왜 사계절 내내 춘곤증인가

아… 일해야 하는데

어…서…이…ㄹ…어…나…

일하기 싫을 땐

난 말이야
일하기 싫을 땐 똥 싸는 것도 재밌더라

하긴 뭔들 안 재밌겠냐만은

미안하긴 해?

미안한데 이거
내일까지 좀
부탁해

미안하긴
하냐?

하나도
안미안함서

눈치 삽니다
사서 저 님이 좀 주게
파는 데 알면 공유 좀

일주일의 표정 변화

월화수목금토일
빨주노초파남보

무지 개같은 일주일

힘내라 마이 바디

연차가 쌓일수록
책상에 구석에 늘어가는
각종 영양제들

내 전 재산 마이 바디
오래오래 써먹어야 하니까 고장나지 마

아! 바쁘다 바빠!
오늘도 열심히 타는 내 똥줄

왜 '미리미리'가 안 되는 걸까
하긴, 되면 그게 나겠냐

북을 울려라

근데 하루는 그런 생각이 들더라
내가 정말 일을 못해서 욕 먹는 건지
아님 그냥 동네북인지

왜 맨날
나만 갖고
지랄이세요

어떻게든 되겠지

free busy

busy 30%

free busy

busy 50%

free ▰▰▰▰▰▰▰▰▰▰▰ busy

busy 100%

그래, 뭐 어떻게든 되겠지
늘 그래왔던 것처럼

아침마다 괴로워

알겠어!
알겠으니까 그만 좀 울어
이 눈치 없는 알람아

알람아 너는 아느냐
내가 지금 얼마나 회사 가기 싫은지

하아아아아아

아무것도 모르면서

집에 가고 싶다

눈 뜨자마자
집에 가고 싶다

출근 하자마자
집에 가고 싶다

회사에 오자마자
집에 가고 싶다

집에 오자마자
집에 가고 싶다

응? 뭐라고? 정신 안 차릴래?

왜죠?

퇴근 시간에 퇴근하겠다는데

왜 이렇게 눈치를 봐야 하는 건지
누가 대답 좀…

굴개굴개 청개구리

하라고 그럼 하기 싫고
하지 말라면
막 막 더 하고 싶고 그렇지?

굴개   굴개

"나두"

"남들처럼 회사 열심히 다녀라"라고 하면
이판사판 때려치우고 싶고

같지도 않은 팀장님이 "말 잘 들어라"라고 하면
질풍노도 사춘기처럼 확 개겨버리고 싶고

'오늘 다 끝내야지'라고 생각했는데 "야근해"라고 하면
될 대로 되라고 째버리고 싶고

그러니까 자꾸 이래라 저래라 하지 마
내가 알아서 해

이게 재밌어?

왜 이딴 게 농담이라면서 웃어?
나도 재밌어야 농담이지
지금 너님이만 재밌잖아요

나도 농담 한번 해봐? 이 아싸 호랑나비야?

관심 없어요

어디서 약을 파세요
그 가능성 로또만큼 희박한 거 나도 알고 너님이도 알면서

그리고 정규직 그런 거 지금은 쥐젖만큼도 관심 없어
직장 따위 돈이나 벌면 되니까
열정이나 보람 따위 엿 바꿔 먹은 지 오래야

너무 믿지 마

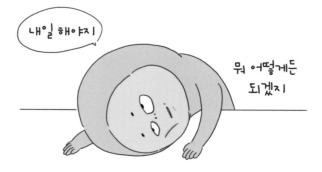

〈다음 날〉

난 날 너무 믿어서 맨날 망하지
오늘도 그래
내일도 그러겠지, 아마

아니나 다를까
혹시나 했는데 역시나 또 삽질이네

나는 왜 이럴까
왜 매번 이럴까

마음은 늘 잘하고 싶은데
그게 잘 안 돼

다 싫어

그런데… 왜 꾸역꾸역 버티고 있는 거야 ?
좋은 건 진짜 하나도 없어?

식사해요

예의상 하는 멘트인데
이렇게 바로 덥석 물어버리면 아, 나는 어떡하라고

싸움의 종류

회사 내에서선
참 많은 싸움이 있지

<눈치 싸움>

〈정치 싸움〉

그리고 하루에도 수만 번씩 하는

사표 던지고 받어?
어? 확?

이런 미친
국보급 또라이

〈나 자신과의 싸움〉

힘내라며 어떻게?

갑님이는 왜 항상 금요일 저녁에 피드백 주고
월요일에 보자고 멍멍거리는 걸까

덕분에 주말 출근 ㄱ ㅅ

〈주말〉

힘내!
화이팅

또 주말에
나왔네

주말 순찰(?) 도는
상사님이

힘내라면서요
그러니까 어떻게 해야 힘이 나냐고요
그렇게 영혼 없는 말로만 위로할 거면 돈으로 줘요
이렇게 진심으로 말해보라고

쉿

누구랑도 아무 말도 섞고 싶지 않은 날에는
노래는 듣지도 않으면서 커다란 헤드폰
오늘은 눈치껏 아무도 말 좀 안 시켰으면…

개 미안

오늘도 개 써먹어서 미안해

안 그러고 싶은데 사는 게 너무 개같아
아마 앞으로도 쭉욱 그럴 거 같아서
이해 좀 부탁할게

control + s s s

저장은 실시간으로 합시다아아아

했던 거 똑같이 또 하는 게 제일 싫은데
나 잠깐 좀 울까 봐
아오, 내 팔자야

성과는 셀프

개같이 일하고 가만히 있으면 아무도 몰라
성과는 나대야 생기더라고

부끄러워 말고 동서남북 알려
가만히 있음 호구된다, 진짜야

이력서를 쓰다가

이직을 결심했다

그러니까 자소설에···

맞긴 맞는데
나 지금… 뭔가 슬픈데…?

그동안 뭐하고 산 거야 도대체

부럽구려 동지

늘 같이 회사 욕하고 같이 밥 먹고
아무리 겉으로만 친할 뿐인 사회 친구라 해도
정 많이 들었는데...

잘 가요, 용기 있는 사람

그래 뭐 어떻게 맨날 잘해
그런 날도 있는 거지
내일은 괜찮아질 거야

힘내!

엄마가 무슨 죄야

우리 아무리 회사에서 얻어터져도
엄마한텐 분풀이 지랄은 하지 말자
뒤돌아서서 후회하지 말고

그래도
제일 힘들 때 찾는 게 엄마잖아

엄마 오늘도 미안해

그냥 아무나라도
양팔 꽉 차게 꼬옥 안고
토닥토닥 괜찮아
해주면 좀 나아질 거 같은데…

여보세요?
거기 누구 없어요?
나 오늘 위로가 좀 필요하다구

두 번째 이야기

오늘의 니나노

좋은 사람을 만나고 집에 가는 길은
온 마음 구석구석 분홍분홍한 기분
나도 당신에게
그런 사람이었길

또 연말 또 새해

뭐했다고 12월인가

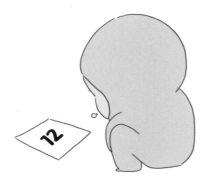

엊그제 보신각 종 치는 거 본 것 같은데
왜 벌써 12월인가

왜 하루는 일 년 같은데
일 년은 하루 같은가

Happy
New Year

또 새해라니

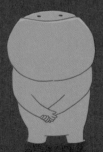

해피하지
않도다

어영부영
또 한 살을 더 먹었다

꺼져버려

공포영화 속 귀신처럼
불쑥불쑥 나타나서 괴롭히는 거지 같은 기억들

이제 제발 그만 좀 하자
지겹지도 않냐

잘 가
오늘부로 잊을 거야
이 거지 같은 기억들

다신 돌아오지 마
나도 좀 쿨내나게 살아보자

새해 계획

내 나이가 어때서

이젠 무슨 짓을 해도

미친X
같기도 하고

누가 봐도
아줌마다

감춰지지 않는 내 나이

이러다 정신 차리면 금방 마흔이 될 테지
먹을 것도 많은데 나이는 좀 그만 먹고 싶단 말이다

나한테 왜 그럽니까

택배 받자마자 세일이라니

할부도 안 끝난 내 겨울잠바에서 항공권까지
왜 내가 사기만 하면 세일이 휘몰아치는 걸까
나는 왜 개같이 벌어서 개같이 쓰는 걸까

닫아 놓지 좀 마

오늘의 복불복
당첨일까 꽝일까 두근두근

그래서 저걸 열어 말어 열어 말어

봄옷

인간의 욕심은 끝이 없고 같은 실수를 반복하지, 매년
자, 여기 잠옷 하나 추가요

희망은 반대로

찌라는 데는 안 찌고

빠지라는 덴 안 빠지고
물구나무라도 서서 이동 가능하면 얼마나 좋아

고양인 좋겠다
뚱뚱해도 귀엽다고 그러고
다음 생엔 나도 고양이로 태어날까 봐

뭘 해도 돼지

먹는 건 먹더라도
건강한 돼지라도 되어보자
라고 마음먹어 봤다

아주 잠깐이었지만

헉

혁혁

사람 살려

혁혁혁

아니 내가
무슨 짓을

그래도 이게 어디야
안 한 거보다 낫지

운동 했으니까
치킨 먹을까

아님 고기?

건강한 돼지가 될 것인가
행복한 돼지가 될 것인가

그래 그래
단백질 보충

아무래도 내가 살을 빼려면
운동보단 입을 묶는 게 빠를 거 같기도 하고

의식의 흐름

thin ▰▰▰░░░░░░░░░ fat

fat 30%

thin ▰▰▰▰▰░░░░░░ fat

fat 50%

thin ════════════ fat
fat 100%

그래, 1kg 찌나 2kg 찌나
그 돼지가 그 돼지

그때가 리즈였어

내가 이 수영복을 6년 전에 샀을 땐
언젠간 입을 수 있을 줄 알았지

근데 지금 보니
샀을 때라도 입었어야 됐나 봐
도대체 몇 살까지 클래?
언제까지 성장기냐고 몸뚱아

이래서 배꿀은 아닙니다
진짜야! 진짜라고

몸무게

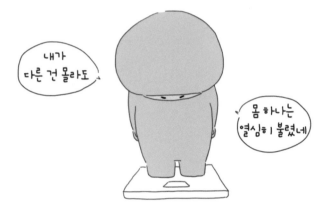

월급이 다 어디 갔나 했더니
아주 그냥 온몸에 처발랐구만

신발 취미

언제부턴가 신발 모으는 취미가 생겼지

잘 맞는 게 신발밖에 없거든
이거라도 맞는 게 어디야

여깁니다 내 목

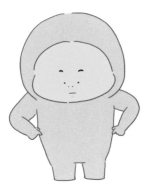

보통 여기가 허리예요, 하고

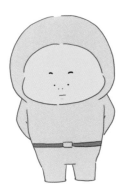

이렇게 허리띠를 하지?

(응?)

난 그래서 목걸이를 이렇게

여기가 목이에요

이럴 거면 미얀마에서 태어날 걸 그랬어
그럼 최소한 목은 길었잖아
아 그게 내 맘대로 되는 게 아니지

라면은 밤에 먹어야 제맛이라는 걸
야식러버들은 알 테지

(이렇게 맛있어서 피가 되고 살이 되는 건가)

야식 후 만두

아침에 거울 보기가 좀 무서워서 그렇지

못생겨지는 건 참아도
맛있는 걸 어떻게 참냐

그래 안 그래?

자동반사

치킨?

거기에 맥주?

아니 무슨 파블로프의 개도 아니고
말만 들어도 맛있는데
이런 내가 무슨 다이어트를 한다고

이놈의 치맥

내가 진짜 치킨에 맥주만 안 먹었어도
48kg은 됐을거야라고 우겨본다 빡빡
(닭이 멸종할리 없으니)

여름이면

선풍기는 이렇게 발가락으로
꾹

그리고 습관적으로 아아아─
이렇게 하면
왠지 더 시원하다니까?

소주 한 잔

언제부턴가

이모
여기 소주도 하나요!

반주가 빠지면 영 섭섭한 밥 시간

옛날엔 이 쓴 걸 왜 먹나 했는데

이젠 좀 알 것 같은 느낌?
이래서 아빠도 일 끝나면 그렇게 술을 잡쉈나 싶네

나는 왜

왜 흰 옷만 입으면...

그래서 어두운 옷을 입으면... 하아
벗고 다녀야 되나 이거

시발

아이고 머리야

이 놈의 숙취
하루 종일 진동모드

내일부터 술 끊는다
일단 오늘까진 좀 먹고
될까?라고 물으면서 답은 이미 알고 있다

최고십니다

너희들이 안 해본 게 있을까?

전지전능 개님 소님
반만 닮았으면...

좋아요 좋아

좋아요
그게 뭐라고
오늘도 품앗이
하트와 따봉을 그대에게 팍팍!

뭐해?
어서 나도 눌러주지 않고?

늙고 있다

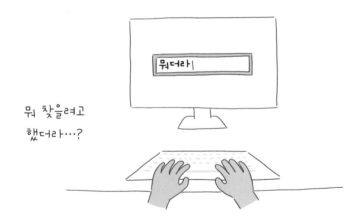

심지어는 어제 저녁에 뭐 했더라…?
이런 게 나이 듦인가

뒤돌면 까먹고 뒤돌면 까먹고

잠깐, 이거 엄마가 매일 했던 말인데?

추잡한데

추잡한데 왜 자꾸 보고 싶잖아
여러분도 그런 거 다 알어

정신머리

나 뭐하냐 지금

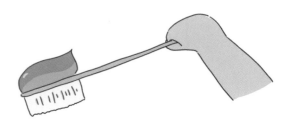

어디에 정신이 팔려 있는지
지하철에선 사원증 찍고
회사 출입문에선 버스카드 찍고
어디 갔어 정신머리야

양말

신을 때도 두 짝

벗을 때도 두 짝

근데 왜 빨고 나면 한 짝일까

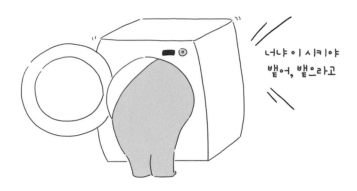

너냐 이 시키야
뱉어, 뱉으라고

같은 양말로 우루루 사면 된다는 방법을
왜 이제야 알았어, 나는

살짝 살짝 불어오는 가을 냄새
이거 하나만으로도 설레는 계절

따뜻한 아메리카노가 맛있어 더 좋은 계절
내가 제일 사랑하는 가을

아 괴롭다

환절기만 되면 하루 종일
나올락 말락 이놈의 재채기와의 전쟁
비염er들은 알 것이다 이게 얼마나 괴로운 것인가

곱슬머리

기상청보다 더 정확한
내 곱슬곱슬 레이더

젠장할
비 오겠구만

자매품 욱신거리는 내 무릎

이거 좋아해야 돼, 슬퍼해야 돼?

어쩐지 쌤통

퇴근길 우연히(?) 본
구남친(이라 쓰고 개객끼라 읽는다)의 sns

아직도 솔로다

그래, 나 같은 여자가 또 있을 것 같냐?

너는 왜 그러냐

꼭 중요한 약속만 있으면
눈치 없이 튀어나오냐, 왜왜왜 아 왜!!!

라지, 플리즈

라지 사이즈 팩 좀 안 나오나
가운데만 그만 호강하고 싶은데

화장품 업계 종사자님들
팩 사이즈별로 만들 생각 없으신지요?

안 만들어 주면 두 개 붙이지 뭐…

오랜 인연

오랜 인연이라고
다 좋은 건
아닌 거 같아

네가 산삼도 아니고

쑤욱

옛날 같으면 어떻게 해서든 끌고 갈 인연일 텐데
이제 그런 거 연연하지 않기로 했어
인연은 억지로 이어붙인다고 되는 게 아니더라고

이유를 모르겠어

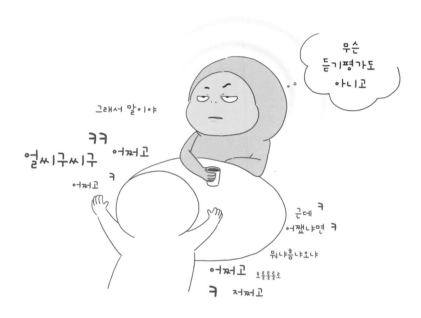

자기 얘기만 콸콸콸 쏟아내는 사람은
만남 내내 괴롭다
공감대가 없다면 더더욱

너님은 나 왜 만나?
나는 너님 왜 만날까?

가깝다고 생각해서 말하고 싶었던 걸까
아님 그냥 비워낼 휴지통이 필요했던 걸까

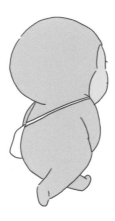

왜 집에만 있냐면

이 많은 번호 중에
편하게 밥 먹자! 할 사람이 하나도 없냐

있다 해도
이런 과정이 너무 귀찮고

특히 주말엔 씻기까지 해야 하니까

왜 집에만 있는지 알겠지?

북북

여기가 천국이야
집 나가면 고생이다 여러분

내가 너무 선을 긋는 건 아닌지
라고 생각이 들었다가도
상처받는 것 보다 낫다 싶기도 하고

1, 2년 사람 만나는 것도 아닌데
관계라는 거 매번 참 쉽지가 않네

어색하지 않은 사이

만나면 시간 가는 줄 모르는 사이도 좋고

오랜만에 만나도 어색하지 않은 사이도 좋지만

내가 제일 좋아하는 건
침묵이 어색하지 않은 사이

그래서 네가 좋아

꼬로록

누가 밥 좀 차려줬으면

엄마가 그랬었다
남이 차려주는 밥은 다 맛있는 거라고
나와 살아보니 이제야 그 말 무슨 소린지 알겠네

돼지

그래도 팔, 다리는 얇으니까 라고 생각했었는데
(흔히 말하는 거미형 몸뚱이)

너도네

돼지도 팔, 다리는 얇더라
우리 반갑지는 말자

좋은 사람

좋은 사람을 만나고 집에 가는 길은
온 마음 구석구석 분홍분홍한 기분

나도 당신에게
그런 사람이었길

세 번째 이야기

어쩌다
너랑 나랑

번지르르한 서프라이즈보다도
난 이런 소소한 챙김이 더 좋더라고
매 순간 내 생각 하는 것 같아서

인연은 가까운 곳에

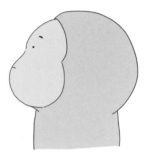

'내 인연은 어디 있을까?'
라고 생각하면서 멀리서만 찾지 말고

고개를 조금만 돌려서 주변부터 살펴봐

진짜 등잔 밑이 어두워서 못 찾은 건지
혹시 알아?

발견했으면 확 저질러 버려!
인생은 모르는 거야

작전 개시

걸려 들었어

자, 게임을 시작해볼까

그렇게 시작

내가 지금 5년 동안 묵혀두었던 마음을
이제서야 꺼내 놓았는데
모른 체를 해? 도망을 가?

여자가 칼을 뽑았으니 뭐라도 썰어야지

게 섰거라!!!

여자가 먼저 고백 좀 하면 어때
평생 내꺼 하고 싶은데 먼저 맡는 놈(?)이 임자지

부끄러운 거 잠깐이야

우리가 부부라니

그러니까 직장 선후배였던 사이가

꽁냥꽁냥 연인 사이가 되고

정신 차려보니 결혼식

사람 인연 참 모르는 거야
우리가 부부가 될 줄 누가 알았겠어?

신혼 로맨스

(어디서 들었는지 모르겠지만)
신혼의 꽃이라는 잠옷을 사봤다
그것도 원피스로다가

신혼 로맨스는 시작부터 망한 것 같아

결혼하면 고쳐질 줄 알았지 내 잠버릇
신혼이고 나발이고 안 되더라고

역시 결혼은 현실이야

안 되지만 알겠어

자, 이거

쓰담쓰담

이게 뭐라고
그렇게 좋아
전생에 개였나

후비후비

부부 사이엔 숨기는 게 없어야 하는 거야
이제 뭘 터볼까나

찰칵

얼굴 작은 남자랑은
나란히 사진 한번 찍기도 어려워

근데 이 짓을 평생 해야 한다 내가

다 같이 불러 봅니다
한 걸음 뒤엔 항상 내가 있었는데~

태산이 높다 하되

사소하다고 미뤄둔 섭섭함은
어느새 이만큼이나 쌓여 이젠 사소하지가 않네

처음엔 분명 말하기도 치사하고 시시한 것들이었는데
이만큼이나 쌓이니 지금은 그냥 몽땅 다 섭섭해

겨우 하나라니!
티끌 모아 태산 몰라?
나는 지금 엄청 모여 태산 상태야

아무 것도 모르면서

연애하는 기분

연애하는 기분을 느끼고 싶을 땐

샷 두 개 추가한 커피를 원 샷

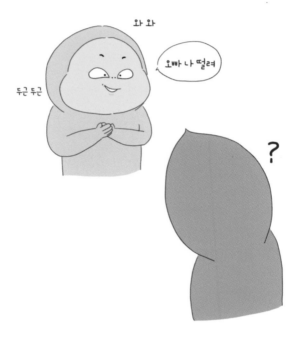

와 와

오빠 나 떨려

두근 두근

?

그래, 이 느낌이었지
생각만으로도 심장이 막 두근두근하던 연애시절
가끔 그때가 그립기도 해

레벨업은 계속 되고

결혼 초엔 이렇게 찌질거리고 있으면
어찌 할 바 몰랐던 감자님은

빠르고 효과 좋은 위로법을
하나씩 찾고 있다

그리고 마무리는
비밀보장 100% 대나무 숲 테라피

난 다음 생에 태어나도
감자님이랑 결혼해야지!

숨 쉬는 것처럼 매일같이 야근을 하던 어느 날
일하기 싫어서 뒤져본 내 20대의 사진 폴더들

그땐 몰랐지
내 청춘이 얼마나 반짝반짝 빛이 났는지

이 좋았던 시간에 내가 떠올린 20대는

밀린 월급 때문에
빚에 허덕이거나

태어나서 처음 보는
또라이와의 전쟁이거나

동네방네 얻어 터지거나

밥 먹듯
야근하거나

이유 없이
회사에서 쫓겨나거나

즐거웠던 추억보다 괴로웠던 기억이 더 가득했고

오늘도 잘 버텼어

힘내라
나이시키

30대에도 크게 달라질 것 없이
"괜찮아질 거야"라는 말을
주문처럼 외우면서 꾸역꾸역 버티며
일한 게 벌써 10년째

안 먹어도 배부르다는 말은
다 개뻥이구만

통장

직급이 올라가면 나아질까,
월급이 오르고 통장에 돈이 모이면 괜찮아질까라고 생각했었는데
직급도 올랐고 쓸 시간이 없어 통장에 돈도 모이는데
달라진 게 아무것도 없었다
10년 전이나 지금이나 매일이 한결같이 괴로울 뿐

'왜 이렇게 살아야 할까?'라는 질문에
'다들 그렇게 사니까'는 이제 답이 되지 않았다.

10년이면 강산도 변한다는데 내 강산은 독야청청 그대로이니
이미 답은 알고 있었을지도 모르지.

월급 몇 푼에, 그래도 혹시나 해서,
더 이상은 오지 않을 내 청춘을 팔아가며
당장도 모르겠는 행복을 기다리고 싶지 않았다.

사회 생활 꼭 잘해야 해?
남들처럼 꼭 살아야 해?
내가 예외가 되면 좀 안 돼?
어차피 내 인생인데?

감자님에게 먼저 퇴직 의사를 전하니
당장에 휘청할 현실적인 문제보다
내 마음을 먼저 살폈고

그렇게 미련 없이 사표를 내고 퇴밍아웃을 했다.

으뜸가는 또라이도 홍수나게 많았지만
같이 회사 욕도 하고 격려도 하고 흉도 털던 동료 여러분
그리고 내 친구들

여러분 덕에 이만큼이나 버텼어.
그동안 고마웠어요

그리고 지금, 퇴사하고 2년

묵묵히 응원해주는 감자님 덕에
좋아하는 그림 그리면서 연재도 하게 되었고요

나 믿고 손 내밀어 준 에디터님 덕에
제가 뭐라고 책도 썼어요
고맙고 고마워요, 나의 파랑새

이제 다시는 회사로 돌아가지 않을 겁니다

되고 싶은 것보다 하고 싶은 게 많은 삶을 살 거예요
4,50대가 되어 돌아봤을 때
나의 30대는 웃으며 돌아볼 수 있는 추억이 많도록이요
나의 감자님과 함께 :-)

뭐, 이렇게 살다 보면 어떻게든 되겠죠?
적어도 지금은 자신 있게 행복하다고 말할 수 있으니까

사방이 예쁜 제주에서 배꿀이가
끝!

어떻게든 되겠지

늘 그래왔던 것처럼

초판 1쇄 인쇄 2016년 8월 1일
초판 1쇄 발행 2016년 8월 1일

지은이   배꿀

발행   (주)조선뉴스프레스
발행인   김창기
편집팀장   박미정
책임편집   임보아
제작관리   박재석 · 정승헌
판매   방경록 · 최종헌
디자인   조운희

편집 문의   724-6782, 6784
구입 문의   724-6796, 6797
등록   제301-2001-037호
등록일자   2001년 1월 9일
주소   서울시 마포구 상암산로 34 DMC 디지털큐브빌딩 13층

값 13,000원
ISBN 979-11-5578-424-2 03810